To.

매일 새로운 삶을 걸어가고 있을

_____에게 이 책을 드립니다.

From. _____

이제 당신이
행복할 차례입니다

사랑과 이별,
그리고 따뜻한 위로의 메시지

김예채 지음

미디어샘

나와 당신의 노랫말이 만나
뜨겁게 안아보려고

삶을 살아간다는 것은
처음 가보는 곳으로 여행을 하는 것과 같습니다.
똑같은 것만 같은 지루한 하루가, 일주일이, 한 달이….
사실은 한 번도 마주하지 않았던 새로운 날들이기 때문입니다.
삶은, 그 누구도 두 번 경험할 수 있는 것이 아니며,
그렇기에 실수도 어눌함도 공존합니다.

삶이라는 여행 가운데 만나는
사람과 사랑, 그리고 만남과 이별.
그 안에서 우리는 성장하기도 하고 좌절하기도 하며
행복을 느끼기도 하고 한 번도 마주해보지 못한
아련한 그리움을 맞닥뜨리기도 합니다.

인생을 살다보면 누구에게나
한 곡의 노랫말이 가슴속 깊이 숨어 있는 것을 발견합니다.
사연 없는 사람은 없다고
저마다의 이야기와 시련이 꼭 하나씩은 있기 마련이죠.
우리가 다른 사람의 이야기에 공감할 수 있는 것도
이런 이유 때문이겠지요.
모두 다른 사연을 가지고 있지만
우리 마음이 느끼는 감정과 온도는 비슷할 겁니다.

그래서 이번엔 혼자가 아니라 함께 써보면 좋겠다 생각했습니다.
우리가 수많은 갈림길 앞에서 느꼈던
생소한 감정들의 반응과 느낌, 생각….
마음이 움직이는 속도와 방향,
그 길 위에서 흘렸던 환희의 눈물과 슬픔의 눈물까지.
우리 삶의 여정 동안 스쳐 지나온 모든 것들에게
찬찬히 안부를 물어보려 합니다.

나는 이러했는데 당신은 어떠하냐고.
나의 노랫말은 이러한데 당신의 노랫말은 어떠하냐고.
조심스럽게 비밀을 품은 일기장 같은 나의 글에
당신의 이야기도 들려주지 않겠냐고.
우리 함께 손을 잡고 용기 내어보자고.
마음속 깊은 곳에 꼭꼭 숨겨놓았던 이야기를 꺼내
진솔하고 담백하게 남겨보자고 두드려보고 싶습니다.

피가 난 곳에 새살이 돋아날 때까지
정성스레 감싸고 보살펴 주어야 했을 텐데,
먹고 살기 바빠 그냥 덮어두어
고름이 생기고 터질 때까지 방치했던 내 마음.

미뤄두었던 숙제를 끝내는 심정이 아니라
마음에게 미안한 심정으로 머물러 보자고 말하고 싶었습니다.
외면하고 싶었던 순간들을
따스하게 보듬어 흉터를 없애주자고,
솜사탕처럼 약하고 여린 그대의 마음을
나도 뜨겁게 안아보겠다고,
그러면 우리가 사는 세상의 온도가,
혼자 걷는다고 느꼈던 삶의 여정이
조금은 따뜻하고 덜 외롭지 않겠냐고.

이러한 바람들을 가지고 불러보려 합니다.
매일 새로운 삶을 걸어가는 여정 위에
나긋이, 고요히 없는
삶의 노래를 지금,
당신과 함께 시작해 보려고요.

김예채

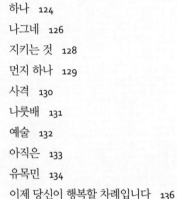

나의 노래,

잔잔한
시냇물 소리처럼
조용하고 나긋하게

1   사랑,

갑자기 쏟아지는 소나기 같은

꽃비 내리는 날

사랑에 빠진다는 건 말이야
마치 꽃비가 내리는 것과 비슷하지 않을까?

머리 위로
어깨 위로
내 발등 위로
바람을 타고 흐드러지게 떨어지는 꽃잎을 보며
눈이 부셔서 아무 말도 못하고
그 풍경에 취하듯

언제 내 어깨 위에
꽃잎 하나가 앉았는지 몰라 몰래 놀라는 것처럼
눈 깜빡 했다 떠보니
내 옆자리에 네가 내 어깨를 토닥이며 앉아 있더라

내 눈앞에서 마구마구 흩뿌리는 꽃잎들이
모든 신경 세포 하나까지 날 잡아당긴 찰나
아마 내가 널 본 순간도 그랬을 거야

안부

어김없이 나의 안부를 물어봐주는 사람이 있습니다.

밥 먹었어?

아픈 데는 없어?

회사에서 힘든 일 있었어?

이번 주말에 하고 싶은 거 있어?

먹고 싶은 건?

문득 사랑이란 안부를 물어봐주고
그대의 하루가 평안하기를 바라는 것이 아닐까
생각했습니다.

나의 작은 생채기 하나까지
자기의 아픔인 듯 끌어안아주는 것
시시콜콜하지만 재잘대는 이야기를
가만히 앉아 고개 끄덕이며 들어주는 것
추운 날, 내 작은 어깨 위로
그의 커다란 재킷에 담겨 느끼는 온기와 함께 따스해지는 것
제일 먼저 내 안부를 궁금해하는 사람이 생겼다는 것

어쩌면 사랑은 대단히 큰 무엇이 아니라
아주 작은 것이 계속될 때 더 깊어지나봅니다

식사를 하며
그 남자는 이 음식이 정갈하고 담백하며 참 맛있다고 했다
그 여자는 이 음식을 남자와 함께 먹어서 참 맛있다고 했다

여행을 하며
그 남자는 화창한 날씨도 불어오는 바람도 풍경도 참 좋다고 했다
그 여자는 남자의 손을 잡고 함께 걸을 수 있어서 참 좋다고 했다

서로를 마주볼 때
그 남자는 오물거리는 그녀의 입술이 닿을 것만 같아 좋다고 했다
그 여자는 오롯이 나만 담아주는 그 사람의 눈동자가 따스해서
좋다고 했다

다툼을 할 때
그 남자는 왜 내 말을 듣지 않냐며
잘잘못을 따지기 급급했다
그 여자는 그 남자에게 상처주는 것이 싫어서
더 많이 사랑하기에 미안하다고 했다

헤어지던 날
그 남자는 이젠 네가 싫어졌다고,
더 이상 네가 필요 없다고 했다

그 여자는 우리가 만나는 동안

당신을 사랑할 수 있어서 행복했다고 했다

데이트를 하고 너와 헤어질 때
너에게 아무리 잘해주고 배려했더라도
나는 자꾸 못해준 것만 생각나
그래서 다음엔 이걸 해줘야지
그다음에 저걸 해줘야지
주고 주고 또 줘도 너에게 주는 건 아깝지 않고
너에게 맞추는 건 어렵지 않더라고

사랑이 아마 그런 게 아닐까?
나를 전부 내어주며 희생하는 것
나의 노력으로 네가 웃을 수 있다면
즐겁고 행복할 수 있다면 기꺼이 헌신하는 것, 희생하는 것
서로 마주보며 그저 웃을 수 있는 게
참 감사한 일이라 말할 수 있는 것
웃고 있는 너를 보면 나도 행복해서 웃음이 나오니까

그래서 나는
━━━━━
너와 헤어질 수 없을 것 같아
━━━━━━━━━━━
내 안에 샘이 있는 것도 아닌데
━━━━━━━━━━━
너에게 아무리 주고 또 줘도
━━━━━━━━━
너와 데이트를 하고 또 해도
━━━━━━━━━
나는 아직 너와 하고 싶은 것도
━━━━━━━━━━
주고 싶은 것도 많이 남아 있거든

얼마 전 지하철에서
젊은 여자가 아주 큰 소리로 통화를 하고 있었어.
통화내용을 듣고 싶진 않았는데
어쩔 수 없이 사생활을 엿듣고야 말았지.
내용인즉슨 사귀고 있던 남자친구가 다니던 직장을 그만두고
다른 일을 하겠다고 했다는 거야.
살던 곳도 강남에서 지방으로 옮겨간다고 했대.
그래서 헤어지기로 했다는 씁쓸한 말이었지.

나는 통화내용을 듣다가 고개를 갸웃거렸어.
나는 너와 함께 있을 수 있다면 그 어디라도 따라갈 수 있거든.

네가 돈이 없어도 가진 게 아무것도 없어도
때론 네가 가끔은 일을 하지 않고 휴식을 한다고 해도
나는 네 옆에 딱 붙어서 떨어지지 않을 거야.
돈은 내가 벌면 되고, 네가 없는 것은 내가 채워주면 되니까.

채워지지 않으면 어때?
조금 부족하게 산다고
사람이 달라지는 건 아니잖아.

칠흑 같은, 아주 깊은 어둠이 찾아와도
네가 함께 있다면 나는 그것도 견딜 수 있어.
네가 나의 빛이니까.
모든 사람이 날 미워하고 싫어해도 너만 내 편이면,
너만 날 아주 많이 사랑해주면 나는 그것으로 충분할 거야.
나는 너의 조건이나 직업을 따지는 것이 아니라
너의 원래 모습 그대로, 그냥 네가 좋은 거니까.
우리가 어떤 모양으로든 함께 한다는 것이 중요한 거니까.
너와 함께 발맞추어 걷는 길이 감격스러운 거니까.

사랑이란
한 사람을 온전히 품는 것

그 사람이 어떤 말을 하든
어떤 행동을 하든
어떤 잘못을 하든
믿어주고 이해하고 감싸 안아주는 것

세상에 한 명쯤은 내 편이 있다고
속도를 늦추지 못한 차가 자신을 향해 달려와도
나를 구해줄 사람이 있다고
그러니 나는 든든하다고 믿게 해주는 것

온전히 내가 사랑하는 단 한 사람만을 위해
내 안에 가진 사랑의 감정을 전부 쏟는 것
그래, 전부 다 주는 것

목소리

그거 알아?
길을 걷다가 너와 비슷한 목소리가 들리면
나도 모르게 고개부터 휙 돌려서 너를 찾는다는 거

아무리 시끄러운 곳에 있어도
너의 목소리는 한 번에 알아들을 수 있겠더라고

혹시나 사람들이 눈치챌까 돌아보지 않으려 해도
내 머리보다 몸이 먼저 반응하는걸

이미 너를 보고 있는 나를 발견할 때면
누군가를 좋아한다는 건
너의 작은 것 하나까지도
나의 모든 세포가 먼저 반응하는 것이 아닐까

혹시 너와 헤어지더라도
아마 나는 평생 잊지 못하고
너의 목소리가 들리면 반사적으로 돌아볼 것 같아

비슷한 목소리만 들려도
나는 어느새 그 목소리를 따라가고 있겠지

그만큼 너를 많이 사랑하니까

아직도

네가 내 눈을 맞추고 환히 웃을 때면
따뜻한 네 손이 내 손을 감싸 쥘 때면
너의 큰 손이 내 머리를 흐트러뜨릴 때면
추위 많이 타는 내 어깨를 포근하게 껴안을 때면
날씨 좋은데 드라이브 갈까? 라고 말할 때면
갑자기 너 참 예쁘다 말할 때면
내 입술에 초옥— 하고 입 맞춰올 때면

나는 아직도
너를 처음 만날 때처럼 심장이 두근거려
익숙할 때도 됐는데
이젠 당연해질 때도 됐는데

아직도 설레나봐
여전히 네가 미치게 좋은가봐

결국 사랑

사람은
그 사람이 사는 인생은
나이에 상관없이 성별에 상관없이
여전히 한여름 밤의 꿈같은
사랑을 찾아 헤매고

하룻밤의 일탈 같은 사랑을 갈망하고
모든 것을 걸었던 사람과의 이별에 아파하고
사랑했던 사람의 배신에 낙심해
유랑자가 되었다가

그럼에도 불구하고
또 다시 사랑을 그리워하는 것

결국
인생 모든 것은
사랑이라는 것

몇 년 전부터 '썸'이라는 단어가 유행하기 시작했어.
썸은 남녀가 본격적인 연애를 시작하기 전
서로를 탐색하는 미묘한 상태를 말하지.
친구는 아닌데 애인이라고 소개하기는 애매한 그런 사이?

나는 '썸'이라는 단어가 처음 나왔을 때부터 내키지 않았어.
일단 사람과 사람이 만나는 것을 너무 가볍게 여기는 것 같았고,
그 사람과 만나보기는 하겠지만
책임은 지지 않겠다는 의미가 섞여 있는 것 같아 싫었지.
또 남녀 사이를 '썸'이라는 단어로 핑계 삼아
아직 제대로 시작도 하지 않은 관계를
너무 쉽게 만났다 쉽게 끊어내버리는 것 같아 속상했거든.

우리가 재밌게 보는 드라마 주인공들이 그렇듯
악연으로 만났다가 연인이 될 수도 있고,
서로 다른 성향의 사람들이라 절대 만나지 않을 거라 다짐하지만
불가항력적인 사건에 의해 오랜 시간 함께 있게 되고
사랑으로 발전하는 경우도 있잖아.

단지 드라마 속의 이야기일까?
우리 삶에서도 자주 일어나는 일인 것 같아.
어릴 적 코흘리개 소꿉친구,
숨기고 싶은 과거까지 모두 알고 있는 옆집 친구가
연인이 되고 결혼하는 경우도 많잖아?

그러니 만남을 너무 얕게, 장난스럽게 가지고 싶지 않아.
어떤 만남이든
그게 꼭 연인으로 발전하지 않을지라도 소중하고,
나와 맞지 않더라도 그 사람이 어떤 사람인지
오래 들여다보아야 알 수 있기 때문이지.

연애를 10년 하고 결혼해도
결혼하고 나니 다른 사람과 사는 것 같다는 말이 있는 것처럼
사람은 오래 알아도 다른 모습이 있기 마련 아닐까.
그래서 열 길 물속은 알아도 한 길 사람 속은 모른다는
속담도 있잖아.
그러니 너무 섣부르게 판단하고 만남을 끊어내지 말자.

썸이라는 가벼운 단어와 감정보다는

서로를 알아가는 시간을 오래 가지되

진심으로 위해주고 장점을 알아가는

묵직한 시간들이 되면 어떨까?

자연스럽게

서로의 삶에 스며들어 자연스럽게 하나가 되고
이젠 내 옆자리에 내가 없으면 허전함을 느끼고
한 공간에서 서로 다른 일을 해도 불편하지 않은 사이

서로가 항상 우선순위가 되고
좋아하는 만큼 말과 행동에 마음을 담아주는 사이

누가 뭐랄 것 없이 먼저 안부를 묻고
시시콜콜한 일상을 궁금해하고
혹시 힘든 일은 없었는지 살펴주는 사이

더도 말도 덜도 말고
자연스럽게
서로의 삶에 녹아들어
지울 수 없고 떼어낼 수 없는 사이
눈짓만 해도 알아들 수 있는 사이

딱 이만큼만
자연스럽게 사랑하는 사이

사랑은
한 끗 차이다

말 한 마디
연락 한 번
약속 하나
사소한 기억까지

이 한 끗 차이에 숨은 미묘한 비밀이 있다면
조금 더 다정히 대해주는 것

오늘 날씨가 추우니 카디건 챙기라거나
어떤 음식을 먹었는데 너와 꼭 같이 먹고 싶다거나
바람 쐬러 온 장소가 너무 좋은데
네가 없으니 허전하다는
말 한 마디

어디서 무엇을 하든 네가 생각난다는 말
바람 부는 날씨까지도 네 걱정이 된다는 메시지

누군가에게 사랑받는다는 건
그대 삶의 일부에 내가 들어가 있다고 생각되는
바로 그 순간

너무 좋아서
그냥 좋아서가 아니라
이 작은 섬세함,
별 것 아닌 한 끗 차이에
사랑이 되고 이별이 되는,

Q

나에게 사랑이란 무엇인가요?

Q

사랑하는 사람들을 떠올리며 글과 그림으로 그려보세요.

----

2   이별,

———————————————— 꾹 참았던 눈물이 터져버릴 것 같은

가을의 끝

가을이 언제 가는지도 모르게
누구에게 쫓기기라도 하듯
그렇게 나에게서 도망치듯
너의 이별도 그랬다

급했고
예상하기 어려웠고
준비되지 않아서
갑작스러워서
그래서 더 아프고
아쉽고
서글펐나보다

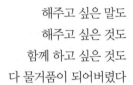

해주고 싶은 말도
해주고 싶은 것도
함께 하고 싶은 것도
다 물거품이 되어버렸다

그래서 옆에 있을 때
손 뻗으면 닿을 때
순간을 버리지 않고
충실해야 하나보다

이제 후회해도
너에게 닿을 수 없는
혼자만의 차가운 바람일 테니
떨어지는 눈물이
멈출 때까지 기다리는 수밖에

생각만 해도

너와의 이별을 생각만 해도
나도 모르세 눈물부터 흘러
생각하기도 싫을 만큼
숨이 턱 막히고
가슴이 저릿저릿하더니
흐르는 눈물을 멈추지 못했지
생각만 했을 뿐인데도 말이야

우리가 다투었던 어느 날,
네가 헤어지자고 했던 그 한 마디 기억이
나는 정말 악몽 같아서
또 다시 그 말을 들을 수 없을 것 같아서
그런 일이 생기지도 않았는데
미리 겁부터 먹고 두려워하잖아
한 번 경험했던 상처는
기억에 더 오래 남으니까

그래서 나는 너에게
다 져주는 걸지도 몰라
너를 사랑하는 마음이 넘쳐서
생각만 해도 눈물이 멈추지 않는 이별을
생각조차 하기 싫어서

말하고 있는 널 보며
나는 단번에 알 수 있었어

그 한 마디를 건넬 시기를
찾고 있는 너의 마음을 눈치챈 나는
네가 그 말을 하지 못하게
일부러 다른 이야기를 신나게 하고
쉴 틈 없이 정신없이
너를 혼란스럽게 해도
너는 여전히 같은 표정이더라

나는 곧 터져버릴 것 같은
눈물을 꾹 참으며
마지막까지 애써 너의 관심을
다른 곳으로 돌리려 했어

이렇게 해서라도
네가 그 말만은 꺼내지 않기를 바라서
집에 돌아간 사이에 네 마음이
변할지도 모른다는 생각에
오늘은 그 말을 삼켜주기를 바라서

아무리 생각해도 오늘은
이별하기 좋은 날이 아닌 것 같아
정말 오늘은,

아쉬움

어쩌면 예정되어 있던 것 같아
어느 순간, 너에게서 아쉬움이 느껴지지 않더라고
데이트 후에 헤어지는 순간에도
우리가 만나지 못하는 시간에도
다음에 언제 만날지 이야기하지 않았지
너에겐 아쉬움이 없었으니 당연했던 거야

나의 안부를 먼저 궁금해하지 않았고
어디가 아픈지 밥은 먹었는지 묻지도 않았고
네가 내게 할 얘기가 있어야만 연락이 왔고
보고싶다는 말도
만나자는 말도 하지 않았어

시간이 생겨도
나보다는 다른 사람을 만났고
나보다는 다른 사람들을 먼저 챙겼고
내가 필요할 때만 나를 만나자고 했어

나는 이제 그만해야겠다고 마음먹었지

이런 마음을 먹기까지도 쉽지 않았지

하지만 우리가 헤어질 때조차

넌 아쉬워하지 않을 것 같아서

그럼에도 나는 이별을 이야기해야 해서

더 초라하고 슬픈 날이야

나만 혼자 널 사랑한 것 같아서

지금도 널 사랑하는 마음 접기가 힘들어서

이별을 이야기하기가 나는 아직 아쉬워서

더 아픈 날

쌍둥이처럼

사랑하면 닮는다고 하잖아
나는 너무 쉽게 널 닮아갔던 것 같아
네가 관심 있는 것들은 자연스레 나도 궁금해졌고
네가 좋아하는 것들은 자연스레 나도 좋아하게 됐고
네가 싫어하는 것들은 당연하게 나도 싫어하게 됐어
나는 작은 것 하나도 너와 공유하고 싶었고
우리 대화의 관심사가 많았으면 했어

너와 헤어지고 난 후
청소를 하는데
나는 없고 너만 남아 있더라
마치 성별 다른 쌍둥이처럼
나는 네가 되어 있더라고

내 모든 취향과 생각과 취미까지
모두 너로 덮일 만큼
나는 너를 사랑했나봐
온통 너로 물든 나를 보며
내가 가짜 사랑을 하지는 않았구나
오히려 안심하게 됐어

이젠 너도 아니고 나도 아닌 사람만
덩그러니 남겨진 방 안

이별은 너를 지우고
다시 나로 돌아가는 일인가봐

어디서부터 어떻게 시작해야 할지 모르겠지만
굳이 다 지우진 않으려고 해
난 너와 함께해서 행복했던 것들이 훨씬 많았거든
너로 인해 성숙해진 지금의 내 모습이 훨씬 마음에 들거든

우리가 이별하는 날엔
가시 돋힌 말들을 내뱉으며
서로에게 상처주는
바보 같은 짓은 하지 말아요
그동안 쌓아왔던 아름다운 추억이
다 사라져버리니까요

우리가 이별하는 날이
이 생의 눈을 감는 순간이면
더할나위 없이 좋겠지만
그렇지 않더라도
영영 다시 볼 수 없는 사람들처럼
이별하지는 말아요

우리가 이별하는 날엔
서로 꼭 한 번 안아주며
그동안 사랑해주어 참 고마웠다고
그대 덕에 사랑을 알았다고
예쁘게 말해주었으면 좋겠어요

사랑이란
서로의 부족한 부분을
내가 끌어안기로 결심하는
용기 있는 행동이기도 하니까요
우린 남들과 같은
평범한 이유로 헤어지지는 말아요

할 수만 있다면
내 노력으로 가능하다면
세상의 어떤 힘든 일이 생길지라도
그럼에도 불구하고

나는 당신과의 이별의 순간이
꼭 이 생의 눈을 감는 시간이기를 바라요

이별했다면 서로를 위해
이것만은 지켜주세요

그립다고

보고 싶다고

아프다고

이별했다고

지금 느끼는 감정을 솔직하게 이야기하고
충분한 시간을 가지는 것
서로 사랑했던 시간 동안 알게 된 비밀이나
내가 알고 있는 그 사람의 약점을 말하지 않는 것
그 사람이 싫다고 말했던 행동이나 어떤 일을
바로 하지 않고 시간적 공간을 두는 것
헤어진 사람에 대한 최소한의 배려이자
예의를 지켜주는 것

그래야 우리가 뜨겁게 사랑했던
수많은 시간이 흘러
아름다운 추억으로 자리 잡을 테니

눈처럼

하얀 눈이 너를 처음 만난 날처럼
소복소복 예쁘게 내렸다
눈 한 송이가 땅에 내려앉을 때마다
너를 향한 그리움도
차곡차곡 함께 쌓였다

쌓인 눈 밟으면
널 그리던 모든 것이 사라질까봐
조심스레 널 피해 다니다
에라 모르겠다
나는 하얀 눈길 위에 주저앉아
마음 놓고 너를 그려본다

이 눈이 녹아
내가 그렸던 네 모습도
녹아내릴 때
내 마음속에 너를
사랑하고 또 사랑했던
가슴 저릿하게 아팠던
이유 없이 미워했던
나보다 더 소중했던
수많은 너의 모습이
함께 녹아내리길 바라면서

다시,

세상의 모든 이별이
슬픈 것만은 아닐 거예요

언젠가 예상치 못한 곳에서
우리 다시 만날 수도 있잖아요

그동안 나를 응원해준 당신에게
살아가는 동안 부끄럽지 않게
열심히 살다가 만나요

적어도 당신에게 부끄럽게 살지는 않았다고
자신 있게 말할 수 있도록 말이에요
그때 서로의 옆자리가 비어 있다면
사는 동안 그대를 잊지 못했다면
여전히 그대를 그리워하고 있다면
그땐
다시 잡는 손을 절대 놓지 않기로
평생 곁에 있어주기로
약속하고 만나기로 해요 우리

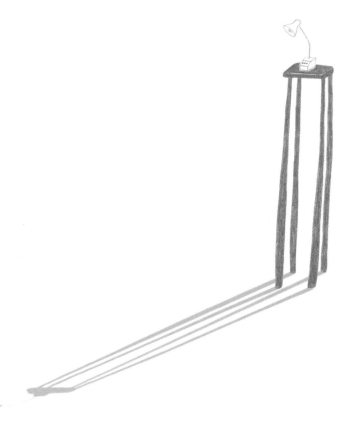

Q

아직도 잊지 못한 이별이 있나요?
- -
마음껏 생각해보세요.
- - - - - - - - - - - - - - - - - -

Q

당신에게 아름다웠던 이별을 적어보세요.

3   다시 안녕,

살아 있는 모든 것과 친구 되는 날

그거 알아요?
반짝이는 사람 옆에는
항상 그 사람을 더 우아하고 멋지게
빛나게 하기 위해 노력하는 사람들이 있다는 것.
주목받지 못하고 반짝 빛나는 사람의 그림자가 되어야 하지만
사람들이 알아주지 않아도
오로지 한 사람이 최고의 빛을 뽐낼 수 있도록
얼마나 많은 시간과 노력과 헌신을 하는지,
얼마나 많은 마음을 쏟는지.

그래서인지 제 눈에는 빛나는 사람들을 보면
자연스레 그 주위의 사람들, 무대 뒤의 사람들에게
먼저 시선이 가요.
스태프들은 지금 무얼하고 있을까,
발이 보이지 않도록 뛰어다니느라 얼마나 힘들까,
이런 생각이죠.
누구나 자기 삶이 주연이 아니라고 생각하는 사람은 없잖아요.
모두가 삶이라는 영화에선 자신이 주연인데,
그렇다면 그 사람 또한
자신만의 반짝 빛나는 무언가를 가슴속 깊이 품고 살고 있겠죠.

그러니 우리 빛나는 삶만이
꼭 성공한 삶이라 칭하지 않기로 해요.
누군가를 빛내주는 일 또한 가치 있는 일이니까요.
이 사람들이 없었다면
빛나는 사람들도 존재할 수 없었을 테니까요.
내가 어디선가 빛나는 이유도
내 옆에 누군가 나를 빛내주는 사람 때문일 거예요.

오늘은 고개를 돌려
나를 빛내주는, 없어선 안 될 소중한 사람들을 찾아
고맙다고, 당신 때문에 내가 이렇게 빛날 수 있었다고
연락을 하려 해요.
나도 누군가에겐
그 사람을 빛내주는 사람이 되기로 다짐하면서 말이에요.

서포트를 해주는 사람 없이
스포트라이트를 받을 수 있는 사람은
아무도 없으니까요.

봄눈

3월의 끝자락
제법 큰 눈송이가 아릿아릿 나립니다

노오란 개나리
발그란 진달래
파랗게 돋아나는 새싹들에
사람들의 시선이 집중될까봐
벌써 시샘을 하나봅니다

나도 예쁘다고
다음 겨울이 올 때까지 잊지 말라고
꽃샘추위로 기어이 약속을 받아냅니다

아릿아릿 떠오르는 내 마음속 그대도
눈이 올 때마다 좋아서 어쩔 줄 모르던
나를 떠올리면 좋겠습니다

그대의 오늘은 어떤가요

나는 아직도 아릿아릿한데
그대는 벌써 아무렇지 않은 듯
퍽퍽한 삶에 젖어
무거운 짐에 눌려
나를 잊지는 않으셨겠지요

그래도 사랑만은 놓치지 말고 살아요 우리
하염없이 나리는 눈에 담긴 그리움만큼
나는 또 그대를 기다립니다

나무

해가 뉘엿뉘엿 넘어가는 저녁
발아래 나무 그림자가 짙게 내려앉았다
그것을 밟고 지나가려는데
이 녀석 그림자 모양이
딱 사람 누워 있는 모습이다

그래, 너도 하루 종일 참 힘들었겠지
너의 가지 위에
앉았다 가는 새들에게
어깨를 내어주느라

너의 기둥에 기대어
햇빛을 피했다 가는 사람들에게
등을 내어주느라

너의 잎사귀 아래로 생긴
그늘에 쉬었다가는 사람들에게
너의 숨결까지 내어주느라
참 많이 고단했겠지

누군가를 위해
하루를 온전히 내어준 삶을
살아본 적이 있었던가

사람도 밤에는 쉬어야 하듯이
나무도 밤에는 쉬어야 하나보다
나무는 충분이 그럴 자격이 있다

고향

죽음은 고향으로 돌아가는 것
내 모습 그대로
원래의 것으로 돌아가는 것
그러니 슬퍼하지 말 것

오래된 나무의 결을 보면
그 나무가 지나온 생을 알듯
내게 새겨진 결은
둥그렇고 따스하기를
밝고 명랑하기를
기쁨과 행복이 묻어나기를
결이 아름다운 사람이기를

가지치기

나무도 식물도 가지치기가 필요하잖아
그래야 더 튼튼하게 잘 자랄 수 있잖아

사람도
마음속 나를 어지럽히는 잡념도
가지치기가 필요하더라

가지치기로
다듬고 다듬어
이제 다시 시작해도 좋을 것 같아

쉼표

악보에 쉼표가 있는 이유는
노래 한 곡 부를 때도
숨 고르는 것이 필요하기 때문이야

노래 한 곡도 그러한데
삶이라고 다를까
삶에도 쉼이 필요하지
가끔 쉬어주지 않으면
어쩔 수 없이 억지로 쉬게 되거든

숨 고르고 쉬어가는 것
쉼표를 만들어봐

벚꽃

벚꽃이 피면 나는 취한다
벚꽃이 피는 날부터 지는 날까지
봄의 반을 취해서 지낸다

세상이 온통 분홍빛으로 물들어
사랑에 빠진 사람처럼
내 두 볼도 분홍빛으로 함께 물든다

누구도 용서할 수 있을 것 같고
어떤 일이든 잘해낼 수 있을 것 같고
좋지 않은 일도 웃으며 넘어간다

벚꽃에 취한 건지

핑크빛 사랑에 취한 건지

그도 아니면 삶이 지루해

취할 이유를 찾는 건지 모르겠지만

숙제

한동안 심장이
욱신욱신 저릿저릿 아프다

살아온 흔적들이
켜켜이 쌓이고 쌓여
밀린 숙제를 하라고 말하나보다

숙제를 하고 나면
세상의 모든 것들이
새롭게 다가오겠지

다시, 안녕하고

Q

새롭게 시작하고 싶은 것들에 대해 적어보세요.

4   위로 희망,

———————————————— 돌담 사이 피어난 한 송이 들꽃처럼

세상에 나 혼자 떨어져 있다고 느낄 때
그 흔한 문자 하나 오지 않을 때

괜찮아? 밥은 먹었어?

이 한 마디가 얼마나 고맙던지
얼마나 큰 위로가 되던지

누군가를 위로한다는 건
유창한 말이 아니라
일상을 물어봐주는 거예요
그 한 마디로 다시 일어서고
일상을 회복할 수 있으니까요

지금 어두운 시간을 지나고 있는
누군가가 떠오른다면
살며시 일상을 물어봐야겠습니다

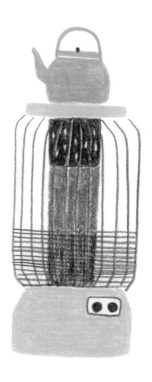

우리 삶의 일상은
놓치면 아까운 가장 소중한 순간이니까요

좋은 사람

하던 일이 잘되지 않아도

세상이 마음대로 되지 않아도

연애가 잘 풀리지 않아도

너무 좌절하거나

자책하지 말아요

당신은 지금 그대로

충분히 좋은 사람이에요

지금까지 그래왔던 것처럼

모두 잘 이겨낼 거예요

그러니 용기를 가져보세요

숨쉬는 것도 아까워

이런 말을 들은 적이 있다

들이마시는 것도
내뱉는 것도
그 어느 것 하나도
의미 없는 숨은 없다

그것이 한숨일지라도
꼭 필요한 것일 테니

그러니 최선을 다해
온 힘을 다해
숨쉴 것

낭떠러지

우리는 매일매일,
눈에 보이지 않는 낭떠러지를
건너고 있을지도 몰라.

다만 우리에겐
낭떠러지에서 뛰어내릴 때
나도 모르게 펼쳐지는 날개가 있으니
낭떠러지라고 생각하지 못하는 거지.

이렇게 자연스럽게 날개를 펼치기까지
우린 많이 지치고 고달프고 힘들었을 거야.

어때?
지금 넌 잘 날고 있잖아.
매일매일 충실하게
너의 앞에 주어진 삶을 살아내고,
때론 너도 힘들면서
도움이 필요한 사람들에게 따뜻한 손길을 건네고,
힘들어하는 사람들에게
위로의 한 마디 건넬 줄 아는 넌
이미 충분히 잘살고 있는걸.

하루하루 보이지 않는 날개를 펼치며
수많은 고난의 길을 날고 있는 너에게
오늘은 박수를 쳐줄래.

괜찮아,

그 어떤 높은 낭떠러지 위에 서 있더라도
넌 너만의 날개로
아름답게 뛰어내릴 수 있다는 걸 믿거든.

너는 잘못 없어

나의 잘못으로
스스로 동굴을 파고 들어가 있던 어느 날

너는 잘못 없어
실수일 뿐이야

내가 잘못한 게 틀림없는데
누가 봐도 내 잘못인데
너는 잘못 없어라고
말해주는 사람이 있다는 것

그 힘으로 다시 일어날 수 있었어요
내가 또 다시 어떤 잘못을 해도
내 옆에 있어줄 것 같아서
언제든지 내 편이 되어줄 것만 같아서
무슨 일이 생겨도 달려와줄 것 같아서

나도 동굴 속에서 나오지 못하고
겁 먹고 있는 누군가에게
그런 사람이 되어야겠다고 다짐했어요

누군가를 품어준다는 것은
생각보다 어렵기도 하지만
생각보다 쉽기도 하더라고요

포기

너무 견디기 힘들다면
그냥 내려놓아도 돼요

포기해도 좋아요
피할 수 없다면
도망가도 괜찮아요

자신을 망가뜨리면서까지
자신을 잃어버리면서까지
어떤 일을 억지로 해야 하는 건
없으니까요

아무리 열심히 해도
성공한 사람들을 따라가기엔 부족하다

치열한 하루 끝에
집으로 돌아오는 길은
늘 허기지고
늘 공허하며
늘 슬프다

그렇고 그런 뻔한 엔딩이
내 삶의 끝에 기다린다고 생각하니
발걸음의 무게가 더 짙어져
터덜터덜이
터벅터벅으로 바뀌었다

그래서 삶을 바꾸기로 했다
기준도 전부 갈아치우기로 했다

누구나 아는 엔딩이 아니라
누구도 예상 못할 엔딩이 기다리는
나만의 길 위로
나만의 방법으로
나만의 삶으로
그렇게 개척해가기로 했다

모두가 나의 엔딩을
숨죽여 지켜볼 수 있도록

생각보다 쉽다
흔들리지 않기로 마음먹으면
나를 믿어줄 용기만 있다면

주위를 둘러보면
다들 평범하게 잘사는 것 같고
뭐든지 잘해내는 것 같은데
왜 나만 못할까

생각해보니
내가 하는 일도 누군가의 눈에는
그렇게 비춰질 수 있겠다 싶었다

사람마다 모두 같을 수 없고
잘할 수 있는 일이 다르기에
각자의 위치에서 해야 할 일을 하며
서로 돕고 살아가는 것일 테다

평범한 일상을 살아가는
사람들을 가만히 들여다보면
그 속에는 분명
그 사람만의 비범함이 있다

내 안에도 누군가의 시선에 보이는
비범함이 있을 테니
너무 속상해하지 않기

나만 피워낼 수 있는
아주 예쁜 꽃이 있을 테니
그 비범함을 믿고
뚜벅뚜벅 걸어가기

들어주세요

때로는 그냥 들어주는 것만으로
마음이 괜찮아질 수 있더라고요

그랬구나
힘들었겠다
괜찮아

이렇게 무조건 내 편이 되어주고
내 이야기가 끝날 때까지
눈을 지그시 맞추고
맞장구치며 들어주는 것

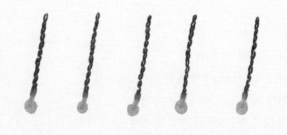

대단한 무엇이 아니라
들어주는 것 하나만으로도
위로를 얻는다 느끼더라고요

그러니 일단 들어주려고요

상처

가장 아픈 상처는 사람에게 받은 상처였어요.
사람에게 지치고 지쳐
얼마나 많은 사람들에게 속고 데어야
더 이상 상처받지 않을까
생각한 적도 있었죠.

그런데 그건 불가능한 일이더라고요.
사람을 만나고 관계를 쌓아가면서
거짓일 거라 생각하면 깊은 관계가 되지 못하니까요.
결국은 또 거짓인줄 알더라도 혹 모르더라도
이번에는 진심일 거라고 믿게 되는 거죠.

지나고 보니 내 사람이 아닌 사람은
결국 사라지고 지나가요.
그러니 사람에게 받은 상처 때문에
너무 낙심하거나
세상이 끝난 것처럼, 이 세상에 나 혼자 남은 것처럼
여기지 않기로 해요. 우리.

그럼에도 불구하고
사람 때문에 위로를 받기도 하고
힘을 얻기도 하니까요.
아직까지는
좋은 사람이 더 많은 세상이니까요.

기도

너무 힘든 날엔
새벽 별을 바라보며
어두컴컴한 길을 걸어
기도를 하러 갑니다

고독한 시간을 건너
평안과 안식이
내 마음에 가득찰 때까지
조용히 또 잠잠히
기도를 합니다

아무 말 하지 않고
축 늘어진 채로 앉아만 있어도
누군가 내 눈시울을 어루만져줍니다

기도가 필요한 세상
기도가 필요한 시간
진짜 깊은 곳의 위로는
변하지 않는 마음의 치유는
기도 속에 일어납니다

Q

나에게 위로의 말을 적어보세요.

Q

위로가 필요한 주변의 사람들에게 위로의 말을 건네보세요.

----

5 후회 반성,

사막 위 홀로 선 나무 한 그루 같은

분리수거

지친 한 주의 마무리는
집을 청소하고 분리수거를 하는 것

분리수거를 하다 보니
꼭 집의 쓰레기만 분리수거가
필요한 것은 아니더라

생각도
마음도
감정도
사람도
일도

주기적으로
분리수거가 필요하더라

시기를 놓치면
전부 버려야 할 수도 있어

눈물

어쩌면 우리는 어릴 때보다
어른이 된 후에 눈물 흘릴 일이 더 많을지도 몰라요.
그러나 어릴 때보다 쉽게 울지 않는 건
코끝 찡한 그 순간을 애써 참아내는
쓸데없는 자존심 때문이겠지요.
혹은 상처받지 않기 위한
또 하나의 방어벽일 수도 있고요.

지는 바보처럼 오늘도 내 감정에 솔직하지 못하게
눈물을 참느라 입술에 피가 날 만큼 입을 꾹 다물었어요.
눈물이 흐를 때는 그냥 좀 울어도 될 텐데
그깟 자존심 뭐가 중요하다고.

눈에서 떨어지는 한 방울, 한 방울에 담긴
온갖 감정과 아픔, 슬픔
그리고 사연이 투명한 이슬에 비쳐
선명하게 보이는 것만 같아요.
어른이라는 어설픈 이유로
꾹 눌러놓았던 마음이 터져버릴 때엔
아무것도 신경 쓰지 말고 그냥 울어요.
가끔은, 조금은 울어도 괜찮아요.

손톱의 경계선은
잘 보이지 않아서
조금만 바짝 잘라도
잠시 후 아리고 아파온다

내 마음도

사람도

손톱과 비슷하다

보이지 않지만

너무 바짝 자르거나

다가가면 아플 수 있다

나도 모르게 그만,

이 한 마디는

핑계가 될 수도 있다

소중함

왜 소중함은
꼭 지나고야 알게 되는지

괜한 자존심 세우고
뾰족함으로 서로를 찌르고
쓸데없는 고집을 피우고
서로를 아프게 했는지

옆에 있을 때
조금 더 잘해줄걸
조금 더 아껴줄걸

나의 서툰 시간 속에
스쳐 지나간 인연들의 얼굴이
하나둘 떠오르는 밤

아직도 철이 들지 않은 건지
잠자리에 누워 불을 끄면
하루 종일 잘못한 일만 생각나서
이불을 덮지 않아도 덥다
목 끝이 칼칼하게 메어온다

눈을 꽉 감고
사라지고 싶은 마음이 굴뚝같지만
그래도 어쩌겠어
실수도 부족함도
인정하고 반성하다보면
조금씩은 나아지겠지

내일은 그러지 말아야지
다음부턴 그러지 말아야지
이 밤을 꼭 기억해야지
매일매일 1퍼센트라도
조금씩 발전하고 변화하며
더 나은 사람으로 살아야지

부끄러움

이 정도면 잘살고 있다고 믿으며
나보다 가난한 사람들을 가끔 도와주고
그만하면 할 수 있는 만큼 하고 있다고
괜찮다고 나를 속이는 것은 아닐까

진심 어린 눈물과 위로가 아닌
내 손에 있는 것을 나누는 것으로
내가 할 일을 다 했다고
양심을 속이고 있는 것은 아닐까

하늘이 비추는 시선을 따라
자만이나 교만이 아닌
마음 깊숙이 우러나오는 그 마음으로
함께 울고 웃으며 축복하는 일

그러기엔 나는 아직도 멀었기에
자꾸만 부끄러운 마음에
손바닥으로 얼굴을 가린다
가려질 것도 아니면서

이게 아닌데
정말 아닌데
한참 망설이고
자존심과 싸우다
겨우 뱉은 한 마디

내가 미안해

말은 언제나 마음보다 늦다

무엇을 위하는 걸까요

누군가에 대한 험담
무차별적인 악플과 공격
이유가 납득되지 않는 차별
다른 시선으로 바라보는 눈빛

아무렇지 않게 꺼낸 다른 사람의 말
그 한 마디가 개구리의 배처럼 부풀어
빵! 하고 터져 상처가 되어
한 사람을 죽일 수도 있습니다

우리는 도대체 무엇을 위하는 걸까요

사람을 위한다는 것이 무엇인가요
사랑이 대체 무엇일까요

우리는 사람을 살리고 싶은 건가요
죽이고 싶은 건가요
최소한 우리는 그러지 말아요
사람이 우선이니까요

그 사람도 다 이유가 있었겠죠
다른 사람의 어떠함 때문에
우리의 마음까지 더럽히지 말자고요
그냥 눈 한 번 딱 감아주면
그 사람도 언젠가는 변할 거예요

불청객

어느 자리에 초대를 받았는데
내가 불청객인 듯한 느낌이 드는 거에요.
인사를 하는 둥 마는 둥 아무도 나를 반기는 것 같지 않더라고요.
그들만 아는 이야기를 하고,
그들만의 친분을 제게 과시하는 것 같았어요.
이럴 거면 차라리 혼자 집에서 시간을 보내는 것이
생산적일 거라는 생각이 들었죠.
그 공간의 공기는 차갑게 느껴지고
괜히 가슴속에 맺힌 응어리와 아픔과 외로움까지
한 번에 밀려오더라고요.

한두 명이라도 따뜻한 표정으로 잘 왔다고,
오느라 힘들진 않았냐고 인사라도 건네줬더라면
그렇게 서럽진 않았을 텐데 말이죠.
그날은 모임이 끝나기도 전에
없는 핑계를 만들고 서둘러 그 자리를 빠져나오느라
애썼던 것 같아요.
물론 내가 그 자리에서 나올 때도 사람들은 관심이 없었지만요.

그런데 항상 나가던 모임에서 새로운 사람이 왔을 때,
내가 그 사람을 예전의 나처럼 대하고 있지는 않을까?
생각했어요.

아차, 싶었죠.

살며시 먼저 인사를 건네주고
이름을 물어봐주고
조금 더 환대해주고
관심을 가져주는 것이
어려운 일이 아닌데
나 역시 그랬던 거죠.

누군가를 불청객이라 느끼게 하는 것,
환대받는 사람이라 느끼게 하는 것은
아주 작은 것들이 가르는 것 같아요.

사람과 사람이, 마음과 마음이
1cm 더 가까워지는 일은
아마 작은 관심과 배려부터
시작될 거니까요.

연필깎이

연필을 깎으며 내 마음을 도려낸다
동그란 손잡이를 놀리면
나무가 벗겨지는 것처럼
내 마음도 도려내지면 좋겠다

여기저기 찍히고 밟힌 상처들이
하나씩 하나씩 잘려나가고
글씨 쓰기 좋게 잘 정돈된 연필처럼
나노 그렇세 쓰기 좋은 사람이 되고 싶다

언제 사람다운 사람이 되려나
언제 쓸모 있는 사람이 되려나

Q

살면서 가장 후회되는 일을 적어보세요.

----

6   삶,

네 눈 속에 빛나는 하늘의 별처럼

하나

한 발
한 번
한 줌
한 점
한숨
한 수저
한 줄
한 글자

무엇이든
마지막 딱 한 번
두 눈 질끈 감고 그 한 번만 넘으면
완전히 다른 길이
생각지 못했던 변수의 삶이
갈증을 해소하듯
나를 반길 수도 있다

그러나
인생도 사랑도
그 한 번을 다하지 못해 주저하는
기쁨을 맛볼 수 없는
어쩔 수 없는
알고도 결국 포기하고 마는
너와 나의 아픈 경계선
내 인생의 슬픈 임계점

하나

나그네

삶이란 참 신기합니다
아무것도 없이 태어나
아무것도 가져갈 수 없으니까요

슬픔도 아픔도 눈물도 없는 세상에서
행복하게 살다가 기억을 잃은 채
이 세상으로 여행을 왔다고 하면 될까요

그곳으로 다시 갈 때엔
아무것도 가지고 갈 수 없지만
이 세상의 기억은 가지고 갈 수 있겠지요

그러니 방랑자가 아닌 나그네처럼 살기로 합니다
목적지가 있는 여정은 지치지 않으니까요
한 발 한 발 내딛는 발걸음이 여행이 되니까요

새로운 경험 속에서도
겁 없이 두려움 없이 끝없이
꿈을 향해 나아가는 나그네가 되기로 합니다

삶이라는 것을 더 힘껏 끌어안고
울며 웃으며 뚜벅뚜벅 걷기로 합니다

지키는 것

자신의 자리에서 최선을 다해
치열하게 살아내는 사람치고
힘들지 않은 사람은 없다

자신의 자리를 잘 지키는 것
어떠한 일에도 도망치지 않아야 하고
무슨 일이 있어도 살아내야 하고
때론 아파도 묵묵히 있어야 하는

삶은 나의 자리가 사명이라 생각하며
그것을 지키는 것만으로도
충분히 가치 있는 것
숭고하다 여길 수 있는 것

그러니 역동적이거나 활동적이지 않다고 해서
자신의 자리를 지키는 사람들에게
손가락질 하지 말자
내 자리를 잘 지키는 것

먼지 하나

우주에서 보면
인간은 그저 작은 먼지 하나일지도 몰라.
그런데 우리는 왜 이렇게
아등바등, 죽을 둥 살 둥 사는 걸까.

먼지끼리 싸우지 말고
편 가르지 말고
질투하지 말고
미워하지 말고
조급해하거나 서두르지도 말고
유유히 공중에 몸을 맡기고 떠다니는 먼지처럼

천천히 지구를 유영하며
살아 있는 모든 것들과 찬찬히 인사를 나누고
서로 아껴주고
응원해주고
다독여주고
사랑해주며

작은 먼지라도 미세먼지가 아니라
어딘가에 쓸모 있는 먼지가 되기를 바라며

우리 그렇게 행복하게 사는 것만으로도
먼지의 인생은 짧지 않을까?

스트레스를 받으면 가끔 실탄 사격장에 가요.
사격은 정신을 집중할 수 있이 좋고,
총성이 울릴 때 쾌감도 스트레스를 날려주거든요.

조금씩 사격장에 가는 횟수가 늘다보니
자연스레 알게 된 법칙이 있어요.
총을 쏠 때는 아랫배에 힘을 주고 숨을 멈춰야 한다는 것.
그래야 흔들리지 않고
원하는 과녁에 정확하게 맞을 수 있거든요.
총 한 발을 쏘는 것도 결국은
중심이 잘 잡혀야 가능한 일인 거지요.

삶도 마찬가지 아닐까요?
결국 내면이 단단하게 중심 잡혀야 무엇이든 가능하다는 것.
겉모습에 열광하는 시대라지만,
내면이 단단하지 않으면 겉모습은 금방 변하게 되어 있어요.

내면이 단단한 사람이라야 무엇을 하든
겉모습 또한 나답게,
내 것으로 만들 수 있지 않을까요.

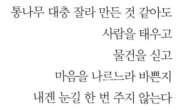

통나무 대충 잘라 만든 것 같아도
사람을 태우고
물건을 싣고
마음을 나르느라 바쁜지
내겐 눈길 한 번 주지 않는다

너도 누군가를 태워야 하지 않겠니?
너도 무엇인가 실어야 하지 않겠니?
너도 마음을 담아 전달해야 하지 않겠니?

내게 꾸짖듯 묻는 것 같아
괜히 더 새초롬해 보인다

그래, 너 좋겠다
내 나룻배에도 천천히 태울 거다
예쁘고 아름다운 것들로 골라 담아
그러니 너무 뭐라 하지 말아라
내 대답을 들었는지
방향을 바꾸어 고개를 돌린다

누군가의 가슴 아픈 사랑은 시가 되고
누군가의 달콤쌉싸름한 사랑은 노래 가사가 되고
누군가의 행복하고 슬픈 현실은 상상을 빙자한 소설이 되고
누군가의 시원하게 뒤통수 맞은 이야기는 한 편의 영화가 되고
누군가의 사랑하는 사람의 모습은 아름다운 그림이 되고
누군가의 진한 인생 공부는 철학이 되고
누군가의 신을 향한 갈망은 종교가 되는 것

그 누군가가
내가 아니란 법은 없으니
지금 내 삶도 예술이다

인간답고 괜찮은 어른으로
세상을 살아가는 일이
갈수록 어려워지는 나날

고개를 돌리면
슬프고 아프고
가난하고 고통스럽고
힘없고 괴로운
사람들이 보인다

쓰라림과 눈물이 가득 차올라서
이제 세상도 눈을 감으려나
지구의 마지막 날도 얼마 남지 않았으려나
생각하던 찰나

지친 사람에게 위로 하는 당신이
우는 사람에게 손을 뻗는 당신이
가난한 사람에게 베푸는 당신이
아픈 사람과 함께 우는 당신이 보였다

당신 덕분에
아직 세상은 따뜻하고 아름답다

유목민

한때 제 꿈은 전 세계를 다니며
이 나라에서 몇 개월
저 나라에서 몇 개월
내일을 계획하지 않고
주어진 삶에 순응하며
바람 따라 마음 따라
유목민처럼 사는 것이었습니다

그런데 생각해보니
인생을 사는 것이
결국 유목민 생활이 아닐까요

내일의 날씨가 어떨지
내일 어떤 열매를 거둘지
어디로 튈지 모르는 공처럼
아무것도 확답할 수 없고
내일을 알 수 없는 그런 인생

꿈꾸던 삶을 살고 있으니
하루하루 감사하며
유목민 생활을
조금 더 즐겨보려 합니다

유명 아이돌 가수가 있었어요.
그는 다른 사람들이 봤을 때 가진 게 참 많은 사람이었죠.
세계적으로 인기도 있었고,
어린 나이에 부와 명예도 충분히 누렸거든요.
사람들은 그를 부러워했고 선망의 대상으로 삼았어요.
누군가는 그처럼 되는 것이 꿈이기도 했지요.
그의 일거수일투족은 기사가 되었고,
사람들의 관심을 한몸에 받았어요.
그런 그가 자살을 했습니다.
도대체 무엇이 힘들어서 그는
자살이라는 결론까지 도달하게 된 걸까요?

혹시 자신의 마음을 툭 터놓고
솔직하게 말할 수 있는 사람이 없는 게 아니었을까요?
때론 가지고 있는 것을 지키기 위해
가족에게도 숨겨야 할 상처와 아픔이 있기도 하니까요.
쉽게 힘든 내색을 할 수 없었던
자신을 탓했을 착한 사람이었을 거예요.

아마 그는 직접적인 말로 표현하지는 않았지만
말투로, 표정으로, 온몸으로
자신이 표현할 수 있는 모든 것으로
힘들다는 이야기를 하며 몸부림치고 있었을지 몰라요.

나는 어떤 사람일까?
내 주변 사람들이 이렇게 소리치는데
알아채지 못하고 무관심하고 있지는 않은 걸까?
나와 스쳐간 인연 중 단 한 사람이라도
죽을 것처럼 힘든 순간에 전화기를 들었을 때
내가 떠오르는 사람이 있었으면 좋겠어요.

한 시간도, 밤을 새더라도, 오랜 시간이 걸린다고 하더라도
그 사람이 살 수만 있다면
저는 기꺼이 내 시간과 어깨를 내어주기로 다짐했어요.
그가 울면 함께 울고, 누군가를 원망하면 함께 원망해주고,
잦아들지 않는 깊은 한숨을 내쉬면
조금은 위트 있는 말로 은근슬쩍 웃음이 터지게 만들면서
오늘은 금방 지나갈 거라고,
이 시간만 잘 견디면 더 좋은 날들이 기다리고 있을 거라고,
나는 언제나 네 편이라고,
이렇게 삶을 애써 잡는 당신이 참 멋지다고.

솜처럼 흐물흐물해진
당신의 마음을 어루만지기로 했어요.

세상에 태어나 누군가와 한 번이라도 스치면
인연이라고 하잖아요.
60억 인구 중에 나와 스쳐간 소중한 사람들을
더 소중하게 생각하는 일,
세상에 사람을 실리는 일보다 더 중요한 일은 없을 테니까요.

앞으로는 나와 만나는 모든 사람들의 표정, 눈빛,
손짓 하나까지 흘려보내지 말아야겠다고 다짐해요.
다른 언어로 내게 도움을 요청하고 있을지 모르잖아요.
그리고 이렇게 말할 거예요.
이제 당신이 행복할 차례라고요.

Q

삶을 살아간다는 것은 나에게 어떤 의미인가요?

7

마음,

보이지 않는 향기로 가득한 장소

선물

나는 소중한 사람들에게 작은 선물을 전하는 것을 좋아해요.
다만 아주 짧더라도 꼭 손 편지와 함께 선물을 전해요.
작은 것이든 큰 것이든 선물에 담은 마음이
전해진다고 믿기 때문이지요.
손 편지가 없다면 마음이 전달되는 것이 아니라
선물만 주는 격이 될까 걱정되기도 하거든요.
나에게 선물과 손 편지는 응원이나 위로가 필요한
내 사람들에게 나의 작은 마음과 진심을 전하는 통로예요.

나와 오래 알고 지낸 친구, 선배, 후배, 동료 들은 알아요.
나는 친하지 않거나 상대에 대한 내 마음이 열리지 않으면
선물을 주는 일이 없다는 걸요.
나는 활발한 성격 덕분에, 사회생활을 일찍 시작하기도 해서
겉으로 보면 사교성이 좋은 것 같지만,
사실 한 사람을 마음에 담는 데 오래 걸리고 낯을 가려
불편한 사람과 밥을 먹는 것도 힘들거든요.

내가 그렇지 않은 관계 속에서 자그마한 선물과 손 편지를 줬다면
그건 나름의 노력이라고 생각해요.
그 사람과 조금 더 마음을 함께 나누고 싶다는 사인 같은.
앞으로도 기회가 될 때마다 마음을 전하는 손 편지를
계속 쓰려고 해요. 한 글자, 한 글자 적어 내려가며
오롯이 그 사람을 생각하며 편지를 쓰는 그 순간만큼은
나의 소중한 사람들이 아프지 않기를, 행복하기를, 평안하기를
기도하게 되니까요.

사실은 선물을 주기 위해 편지를 쓰는 동안 상대방을 향한
내 마음이 더 깊어지기 때문에 선물하는 일을 좋아하는지도
모르겠어요. 앞으로도 내가 만나는 모든 사람들에게 그것이 설령
짧은 순간일지라도 마음을 전하고 진심을 전하기로 다짐했어요.
마음으로 진심을 전하며 사는 일이 가장 어렵지만
그럼에도 불구하고 나는 또 그렇게 살기로 했어요.

present!

괜찮지 않아

괜찮아
정말 괜찮아

아니
괜찮지 않아

사람들은 괜찮다고 말하면
정말 다 괜찮은 줄 안다

가벼운 것은 가볍게
무거운 것은 무겁게
더도 말고 덜도 말고
딱 그만큼의 강도로
괜찮지 않다면
솔직하게 표현해야지

여전히 괜찮은 줄 아는
당신을 위해
그래도 괜찮지 않은
나를 위해

장소애 場所愛

말하지 않아도
언제나 마음의 시선이 향하는 곳
내가 태어나고 자라고 뛰어놀았던 곳

그곳에 가면
어릴 적 아주 크게 느껴졌던 동산도 놀이터도
집까지 걸어갔던 아주 긴 길도
지금은 몇 발자국 안 되는 거리라
새삼 놀라곤 해

그 장소에 가면
말하지 않아도 다 안다고
고개를 끄덕이는 것 같은
나뭇잎의 흔들림

왜 이제야 왔냐고
얼마나 힘들었냐고
나를 위로하는 새들의 노랫소리
작은 돌멩이가 뒹굴며
인사를 건네는 소리까지

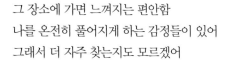

그 장소에 가면 느껴지는 편안함
나를 온전히 풀어지게 하는 감정들이 있어
그래서 더 자주 찾는지도 모르겠어

사랑하는 사람이 생기면 이곳에 데려와
나만의 비밀장소를 꼭 소개해주고 싶은 마음
언제라도 힘들 때면 두 눈을 감고
그곳의 아름다움을 떠올리며 웃음 짓는 시간

마음속에 이런 장소가 있다는 건
지치고 힘든 삶 속에서
내가 다시 살아갈 수 있게 해주는
아주 소중한 자산일지 몰라

그만큼 내 마음도 자란 거겠지

사람을 깊이 알아간다는 건
그 사람을 온전히 이해한다는 건
생각보다 더 오랜 시간이 걸리는 일인지도 몰라

겉으론 웃고 있어도
말로는 괜찮다 해도
마음의 멍은 보이지 않으니까

그러니 더 사세히 보고
조심스럽게 대해야겠어

결국 마음에 멍이 들게 하는 건
보이지 않고 잡을 수 없는
말 한 마디
눈빛 한 번
배려가 되니까

둥근 돌

누가 다가와도 편히 기댈 수 있는,
보드랍게 감싸줄 수 있는,
그 어떤 말도 둥글게 다듬어 전할 수 있는,

매끈하고 부드러운 둥근 돌
부딪쳐도 상처가 나지 않는 돌처럼

상처가 너무 커서 제대로 아물기도 전에
마음 깊숙이 넣어둔 일들이 빼꼼 하고 고개를 내밀 때가 있어.

괜찮지 않았던 모든 일에는
괜찮아질 때까지의 충분한 시간이 필요한데
간혹 그 시간조차 너무 견디기 힘들 때
나는 아주 깊숙한 상자로
그것을 꽁꽁 싸매어 넣어버리고는 했지.

그런데 그들이 더 이상 숨어 있고 싶지 않다고
소리를 치기 시작한 거야.

마음의 상처도 빨래를 말리듯이
햇빛이 쨍쨍한 날에 툭툭 털어 괜찮아지면 좋겠지만
보이지도 않는 이 상처는 치유하는 방법도 까다롭달까.

일단 이 판도라의 상자가 열리면
마주하고 싶지 않던 온갖 감정과 직면해야 해.
이때 피하지 않고 정면승부를 한다면
아프기만 했던 상처와 한 발짝 떨어져 객관화하고
힘들었던 마음을 달래줄 수 있지.

하지만 이 시기에 직면하지 못하면
또 다시 판도라의 상자를
언제 열 수 있을지 알지 못한 채
다시 상자를 닫아야 해.

상처를 넘어서면 그것은
더 이상 열기 싫은 판도라의 상자가 아니라
내 마음속에 반짝이는 별이 된다고 생각해.
길거리에 현란하게 반짝이는 빛이 아니라
어둠 속에서도 잔잔하고 고요하게
내 마음을 지킬 수 있게 해주는 빛.
또 다시 나를 흔드는 힘든 일이 생겨도
혼란스럽지 않게 내 앞길을 비춰주는
가로등 같은 빛 말야.

그러니 판도라의 상자를 여는 일을
너무 늦추지 않았으면 좋겠어.
상자의 열쇠를 쥐고 있는 건
다른 누구도 아닌 나니까.

알고도 속아주는 일

점점 알고도 속아주는 일이 많아져요.
때로는 사실을 말하고 싶기도 하고,
왜 거짓말하냐고 따지고 싶기도 하지만
나는 그때마다 그러려니 하고 넘어가는 것을 선택했어요.
예전엔 분명히 따지기도 하고 사실을 확인하기도 했겠지만
왜 그럴까 생각해보니 그것은 상대방이 아니라
나를 위한 일이었더라고요.

정말 상대방이 나에게 거짓말을 하고 속였다는 사실을
정확하게 알고 나면 더 상처받을 것 같아서였던 거죠.
또 괜히 사실을 확인했다가 상대방과 서먹해지기도 했지요.
그러다보니 몇 번의 일을 겪은 후부터
나는 알고도 속아주는 편을 택한 거예요.

상대방도 어떤 사정이 있어서 나에게 이야기하지 않았겠지,
생각하고 알아도 모른 척 속아주면서
여러 가지 감정이 교차했어요.
그중 하나는
상대방이 내가 정말 아끼고 좋아하는 관계가 아니라면
알고도 속아주는 일은 굉장히 힘들다는 것.
그리고 그와의 관계를 지속하려는 의지가 있을 때만
그것이 가능하다는 것이었죠.

지금 어딘가에서도

거짓말을 알고도

속아주는 사람이 있을 거예요.

그렇다면 그 사람은 자신의 마음이 아프더라도

당신의 마음이 다치지 않기를 바라는 사람일 거예요.

그런 사람이 주변에 있다면 꼭 붙잡으세요.

알고도 속아줄 만큼 당신과의 관계를,

당신을 소중하게 생각하는 사람일 테니까요.

고맙다는 말

고마운 일이 생기면
꼭 고맙다고 말해주세요

누군가에게 호의를 받았거나
생각지 못한 선물을 받았을 때도
꼭 고맙다고 말해주세요

그 사람은 고맙다는 말을 들으려
당신에게 해준 것이 아니지만
그래도 고마움은 표현해야 알 수 있어요
약간은 넘치도록 충분하게
고맙다고 말해주세요

마음은 표현하지 않으면
알 수 없으니까요
말하지 않아도 알 수 있는 건
세상에 아무것도 없어요

그러니 상대방이
그대의 마음을 알 때까지
표현해주세요

고마움과 감사함을
성숙하게 표현할 수 있을 때
서로의 관계가
더 돈독해지고 빛나거든요

마음속에 오래도록 담아두고 있는 일이 있다면
상처 받은 일에 대해 아직도 곱씹고 있다면
다시 꺼내어 생각해보세요

내가 앞으로 한 걸음 더 나아가지 못하는 이유는
자꾸 어딘가에 발목이 잡힌 것 같아 찝찝한 이유는
마음속에 자리한
고인 물이 깊게 파인 웅덩이들 때문일 수 있으니까요

누구나 상처를 쉽게 치유할 순 없지만
그 상처가 독이 되지 않도록 잘 여며주어야 해요
그래야 상처를 디딤돌 삼아
한 걸음 더 나아갈 수 있으니까요

우리 충분히 아파하고 슬퍼하되
그것을 독으로 만들지는 말아요
고인 물이 썩은 물이 될지 맑은 샘물이 될지는
자신이 결정하는 거니까요

맑은 샘물이 내 마음속에 있다면

굳이 드러내려 하지 않아도

맑은 물을 찾는 사람들은

당신 곁으로 찾아올 거예요

또 다른 세상

마음은 그 사람의 또 다른 세상입니다

그 안에는
무수히 많은 이야기와 감정이 담겨 있어
때로는 열어보기 전에 마음의 준비를 해야 합니다
때로는 오래된 서랍을 열 듯 조심해야 합니다

그런데 그 세상이 다른 세상과 만날 때
문제는 시작됩니다
누군가를 나만의 세상으로 데려온다는 것
내 우주가 넓지 않으면 불가능한 일이니까요

이질감 가득한 다른 사람이 들어와도
나를 잃지 않고 소통하려면
내 안에 우주가 넓어야 하니까요

누군가를 내 안으로 데려온다면
누구 하나쯤 들어와도 감쌀 수 있도록
더 깊고 더 넓어져야 합니다
그래야 그를 지켜줄 수 있으니까요

내 안의 보이지 않는 또 다른 세상,
당신의 세상은 어떠한가요?

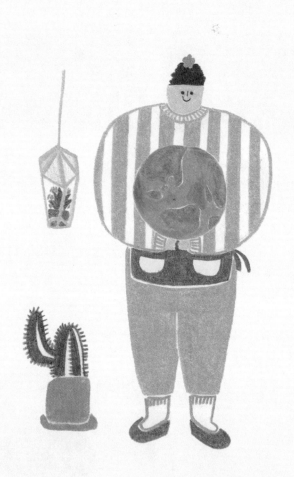

마음의 서재

눈에 보이지 않지만
지나온 세월이 차곡차곡 기록된 내 인생의 서재

떠올리고 싶지 않는 기억은 손 닿지 않는 곳에
아직도 눈물이 터져버릴 기억은 보이지 않는 곳에
설렜던 첫사랑은 적당히 비밀스런 곳에
행복했던 기억은 언제든 꺼내볼 수 있는 곳에
순수했던 시절의 기억은 가장 손이 잘 닿는 곳에

혹시나 먼지가 켜켜이 쌓이지 않도록
더 잘 돌보아줘야 하는 마음의 서재
완벽히 감출 것 하나 없는 비밀의 서재
내 삶을 더 풍요롭게 만들어줄
아름다운 인생의 서재

Q

요즘 내 마음을 솔직하게 적어보세요.

----

8   꿈,

풍선 가득 내 간절한 숨을 담아 날리는

마치 시간이 멈춰버린 것처럼
방 안에 불을 끄고
밥도 먹지 않고
슬프게 울지도 않고
멍하니 천장을 바라보며 누웠다

불안한 마음이 몰려올 때면
아무것도 못할 것 같아 좌절할 때면
나는 가끔 이렇게 시간을 보낸다

가슴이 무너지고 참을 수 없는 아픔에도
꾸역꾸역 참아내는 것이 습관이 되어
눈물이 흐르지 않다가
나를 툭 놓아버리는 어느 순간,
눈물이 후두둑 떨어질 때가 있다

그렇게 눈물이 터지고
소리 내어 엉엉 울고 나면
가슴이 아프지 않다
여전히 바뀐 것은 하나도 없지만
꿈을 향해 다시 시작할 수 있을 것 같다

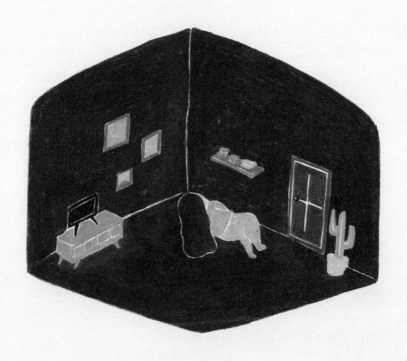

그럼 툭 털고 일어나

달콤한 헤이즐넛 라떼를 마시고

나를 토닥이며 원래의 자리로 돌아간다

때론 어디서 왔는지 알 수 없는

마음의 응어리들을 녹이기 위해

어둠 속에서 혼자 빛을 내는 시간이

눈물을 쏟아내는 시간이 필요하다

믿어주세요

믿어주세요
나를 믿어주는 나만큼
큰 힘이 되는 건 없어요

지금 당신은 잘하고 있다고
올바른 길을 가고 있다고
넉넉히 이겨낼 수 있다고
결국엔 꿈을 이룰 거라고
믿어주세요

당신은 분명히
해내고 말거니까요

웃음

매일 웃고 있다고 해서
힘들지 않다는 건 아니에요

꿈을 이루어가는 과정이
누군들 힘들지 않겠어요

그래도 나는

찡그리는 것보단
웃는 걸 선택할래요

큰 소리로 밝게 한 번 웃고
다시 시작하는 게
주저앉아 눈물 흘리는 것보단
나으니까요

취하다

풍선에 가득 담은 숨을
저 하늘 위로 둥둥 날려 보내듯이
꿈에 취해 살다가
꿈에 취해 죽는 것

어차피 한 번뿐인 삶인데
아등바등 끙끙거리지 않고
투닥투닥 다투지 않고
풍선처럼 가볍게
꿈꾸듯이 행복하게

다른 것에 취하지 말고
오로지 꿈에 취해 살다가
숨이 멈추는 순간까지
꿈에 취해 죽는 것

진흙범벅

삶에 지친 어느 날,
문득 걸음을 걷다 멈춰서
유리에 비친 내 모습을 본 적이 있어요.

겉모습은 멀쩡했지만 나는 그 순간,
진흙범벅이 된 내 모습을 보았습니다.
꿈을 이루기 위해 내 삶의 모든 것들을 뒤로 한 채
그것을 향해 달려가고 있던 나는
겉은 멀쩡했지만 속은 진흙범벅이 되었던 것이지요.

도대체 뭘하고 다니냐, 밥은 먹고 다니냐,
글써서 언제 성공할래, 라고 말하던 주변의 말들,
과연 내가 작가가 될 수 있을까, 이 길이 맞는 길일까
수없이 갈등하고 고민하는 내면의 소리, 친구들의 취업 소식,
사람들의 기대에 부응해야만 하는 부담감까지.

온갖 소리와 고민이라는 진흙탕에서
나는 뒹굴고 있던 거예요.

거울을 오래도록 바라볼 새도 없이 지하철을 올라탄 나는
어느새 말라가는 진흙을 떼어내며 생각했어요.

주위의 말들을 귀담아 들어야 하지만
그 말 때문에 가던 길을 멈추지는 않겠다고.
그럴수록 자존감을 갉아먹는 수많은 내면의 소리가
더 아프게 다가오지만 그래도 계속 걸어가겠다고.
비록 나의 온몸이 진흙범벅이 될지라도
누군가의 말 때문에 불안해하며
나의 꿈과 운명을 포기하지 않겠다고.

더 이상 스스로 진흙탕에서 뒹굴며
이 상처를 받지는 않겠다고.

도망

내가 정말 하고 싶은 일이 무엇인지 헷갈려서
다람쥐 쳇바퀴 도는 삶이 지쳐
아무것도 하고 싶지 않아서
무작정 도망을 갔어

휴대폰 전원을 끄고
가족에게도 말하지 않은 채
아는 사람 하나 없는 제주로 향했지

그때 내가 했던 일은 하루 종일 바다를 바라보는 일이었어
그렇게 파도치던 마음이 잔잔해지자
다시 내 꿈에 대해 생각하게 되더라

신이 내게 주신 재능이 무엇일까
나만이 할 수 있는 일은 무엇일까
내가 해야 하는 일은 무엇일까
고민은 꼬리에 꼬리를 물고
질문과 답은 말꼬리를 늘어뜨리며
그렇게 또 며칠을 보냈지

가끔은 도망 갈 필요도 있어
떠나봐야 알 수 있으니까
내가 익숙했던 곳에서
나를 모르는 사람들만 가득한 곳에서
진짜 내 모습을 발견할 수도 있으니까

그 자리에서 툭툭 털고 일어나 떠나보는 것
생각했던 것만큼 어렵지 않고
큰 일이 생길 것 같아 무섭지만
나 없어도 아무 일도 생기지 않으니까

나는 여행하면서 계획을 잘 세우지 않는 편이에요.
호텔과 항공만 예약하면 준비 끝이라 생각하는데
언제나 여행에는 변수가 있기 때문에
유연하게 대처해야 한다는 것을 알기 때문이에요.
여행을 떠난 곳이 너무 좋아서 다시 오겠다 다짐해도
다시 올 수 없을 때가 더 많다는 것을 알고 난 후에는
즉흥적으로 무엇인가 할 수 있는 것과 하고 싶은 것이 생기면
그것을 즐기는 편이기도 하지요. 그래서 촘촘하게 계획을 짜고
여행을 다니는 사람들과는 잘 맞지 않아요.
여행지나 유명관광지보다는 그 나라 사람들이 삶을 살아가는
시장과 길거리, 로컬 식당에 가는 것을 더 좋아하는데
그들이 사는 모습을 보는 것도 여행의 묘미지요.

꿈도 마찬가지 아닐까요?
내가 하고 싶은 최종의 어떤 목표와 꿈이 있지만
인생을 산다는 건 여행 같은 일이라
언제 어떤 변수로 나의 삶이 바뀔지
모르는 것이니까요.

그러니 너무 조급하게 생각하지 말고,
또 지금 가진 직업이 평생 갈 것이라 생각하지 않고
하늘에 떠 있는 구름에 몸 맡기듯
인생을 유연하게 살아갈 때
행복지수가 높아지는 것 같아요.
물론 유연함 속에 단단함과 목표가 있어야
완전히 다른 길로 빠지지 않을 수 있겠지만요.

나도 언젠가는 또 다른 직업을 가질 수 있다고 생각하니
세상에 관심도 더 많아지고 더 행복해지더라고요.
인생이라는 여행을 하는 동안
내가 꿈꾸고 이룰 수 있는 일들이 많아질 수 있고
이루지 못했다 하더라도 좌절하지 않으려고요.
여행에는 분명 아쉬움도 함께 존재하니까요.

국화처럼

국화는 꽃을 늦게 피우고,
오래 견디며 짙은 향이 납니다.

꿈을 향해 달려가다 보면
조금 늦어도 꽃 피울 수 있고,
오래 걸려 이룬 꿈은
고난과 역경이 닥쳐도
그 자리를 오래 견딜 수 있지 않을까요.
또 그 사람이 꿈을 이루기 위해 흘렸던
땀과 눈물로 아름다운 향기가 날 겁니다.

나의 꿈이 국화처럼 피어나기를 바랍니다.
시간이 걸리더라도
나만의 짙은 향기가 있는 꿈을 이루기를,
한 송이 국화처럼
청아하게 피어나기를 말이지요.

무게

삶의 무게가 모든 사람의 어깨에
동일하게 얹어지는 건 아니야
누군가의 어깨는 가벼울 수 있고
누군가는 조금 더 무거울 수 있고
누군가는 그 무게에 짓눌릴 수 있어

그렇다고 꿈꾸는
무게까지 다른 것은 아니야
신의 작은 배려라면
누구나 꿈꿀 수 있다는 것

그러니 삶의 무게가
나를 삼켜버릴 것 같이 무겁다면
더 많이 꿈꾸고 더 많이 사랑하는 것이
나를 누르는 무게에 대한 복수 아닐까

이분법

인생이 꼭 이분법적인 것만은 아닐 거예요

빨간불과 초록불 사이에
노란불이 있듯이
Yes or No 사이에서
잠시 흔들릴 때도 있듯이
여러 갈림길 앞에서
주저 앉아 망설일 때도 있듯이
잠깐 쉬어갈 때도 있는 거니까요

꼭 어떤 것 하나에
목숨 걸지 않고 있어도
괜찮아요

우린 잠시 쉬고 있는 것이지
포기한 것은 아니니까요

Q

나는 지금 어떤 꿈을 향해 달려가고 있나요?

9 인연,

향기로운 꽃 차 한 잔 같은

모든 인연

전 세계 60억 인구 중에
그대와 나의 옷깃이 스치는 것은 기적 같은 일

짧은 인사와 대화를 나눈 그대와의 순간은
생명보다 소중한 시간을 공유하는 일

앞으로도 내가 만나는 모든 사람과
매 순간 전심이자 진심이기를

언젠가 우연히 다시 만날 때까지
그리워하는 사람이 되기를

한 번밖에 없는 삶을 살면서
내게 손을 뻗는 사람이 누구라도
그 사람을 아름답게 바라볼 수 있기를
나를 향해 뻗은 빈손에 사랑을 가득 담아줄 수 있기를

옷깃을 스친 인연들과의 만남이
부디 헛되지 않기를

학창 시절,
나는 죽고 못 살던 친구들과 평생 함께 같이 걸을 것만 같았지.
우린 인생의 아주 큰 결정부터 시시콜콜한 이야기까지
모든 것을 공유했으니까. 낙엽만 굴러가도 웃느라 정신 없던
그 시간을 함께 걷고 있었으니까.

그런데 대학을 가고, 어른이 되고, 취업을 하고
직장인으로 적응하는 시간 동안 우리는 그렇게 서서히 멀어졌어.
각자의 자리에서 살아내기 바빴던 우리는
서로가 멀어지는지도 모를 만큼 정신이 없었던 거지.

그러던 어느 날, 문득 네가 보고 싶어졌어.
혹시 전화번호가 바뀌지는 않았을까, 너무 오랜만에 연락해
서운함을 드러내면 어쩌나 고민하다 용기를 냈지.
전화가 연결되고 우리는 마치 예전으로 돌아간 것처럼
근황을 전하고 못 다한 수다를 떨었어.
시간이 나를 그때로 데려간 것처럼
나는 다시 열여덟 살 소녀가 되었지.
서로의 곁에 없는 동안 많은 것들이 변하고
힘든 시간을 겪었지만 우리는 예전의 모습 그대로,
또 조금 더 성숙한 모습으로 다시 함께 걷게 됐어.

지난 날, 함께 꿈꾸던 모습대로 각자의 삶을 단단하게 살아내며
그 모습을 닮아가려 애쓰고 있었던 거야.
그래서 너와 내가 다시 손을 잡았을 때 어색하지 않았나봐.
우리가 함께하지 않은 시간까지 이해하고
지금의 네가 있기까지 얼마나 애썼는지 다 알 것 같아서.
너의 마음은 변하지 않았다는 걸 단번에 알 수 있어서.
말하지 않아도, 다른 세상에 살고 있어도
서로의 시간에 항상 들어와 있었다는 걸 알아서.

하지만 또 다시 이런 시간이 오더라도 다시는 멀어지지 말자.
이제부터는 아무리 힘든 일이 있어도, 어려운 일을 만나도
우리 함께 걸어가자.
우리의 시간 위에 하나씩 하나씩 다시 추억을 얹어가는 거야.
지금 우리에겐 기쁜 일도, 행복한 일도,
슬픈 일도, 아픈 일도, 속상한 일도 함께 축하하고
때로는 함께 부둥켜안고 울어줄 수 있는
아주 자그만 품이 생겼으니까.

이 시간을 함께 지나며 우리의 품이 더 넓어질 테니까.
할머니가 될 때까지 우리가 함께 부대끼는 날만큼,
딱 그만큼 더 성숙해질 테니까.

소중하다면

지금 당신의 곁에 있는 사람을
소중하게 대해주세요

언제나 옆에 있다고 해서
전화 한 통화에 달려온다고 해서
당신이 원하는 걸 맞춰준다고 해서
소홀하지 말아요

당신의 짜증 받아준다고 해서
당신이 바쁜 걸 이해해준다고 해서
함부로 대하지 말아요

그 사람은 자신보다 당신을 더 먼저 생각하는 거니까요
당신을 소중하게 생각하기에 자신의 것을 내어주는 것이니까요

그런 사람은 꼭 잡아야 해요
소중하다면
더 많이 아껴주고
더 많이 표현해주세요

그래야 상대방도 당신의 마음을 알 수 있고
오래갈 수 있어요

친했던 사이가 악연으로 변했다면
서로의 비밀을 많이 알아버렸기 때문 아닐까.
서로가 서로의 약점을 많이 알고 있다는
그 사실이 두려웠기 때문 아닐까.

가까운 사이였다 하더라도 관계가 끊어지면
길에서 마주쳐도 인사조차 하지 않는 사이가 되는 건
슬픈 일이다.

약점 없는 사람 없고 완벽한 사람 없을 텐데.
누군가에게 약점이 누군가에게는 장점이 될 수 있을 텐데.

누군가와 관계를 끝낼 때는 그의 약점은 몰랐던 것처럼
내 인생의 한 시절, 나와 함께 걸었던 인연이라 여기면 좋겠다.

어디서 만나도 편하게 웃으며 안부를 묻는 사이,
서로의 내일을 위해 기도해주는 사이면 좋겠다.
그렇게 악연이 되지 않으면 좋겠다.

아빠

아빠는 수화기 너머로 들리는
딸의 목소리가 조금만 떨려도
딸이 울고 있다는 것을 귀신 같이 압니다
무뚝뚝한 아빠는 삶에 치인 딸의 눈물에 안절부절 못하고
괜찮다는 말도 섣불리 하지 못합니다

쉽게 뱉은 한 마디가
딸의 상처를 아물지 못하게 할까봐
더 커지게 불을 지필까봐
더 아프게 할까봐

가만히, 가만히, 전화를 끊지 못한 채
딸이 사는 세상을 바꾸지 못했다는 죄책감과 미안한 마음으로
딸의 흐느낌을 묵묵히 듣고 있기만 합니다

아빠의 사랑 표현이 투박할지라도
딸의 눈물이 그칠 때 즈음 딸도 언젠가는
아빠를 이해할 거라며 진심은 전해졌을 거라 믿으며
그렇게 미어지는 가슴을 붙잡고 소리 없는 눈물을 삼키며
아빠는 오늘도 수많은 말이 담긴 수화기를
천천히 내려놓습니다

힘내   괜찮아

엄마

감기가 걸려 콜록거려도 과로로 몸살이 나도
예민한 성격 탓에 장염이 와도
엄마는 내가 아픈 것이 자신의 탓인 양 괴로워합니다

대신 아플 수만 있다면 아프고 싶다고
자신의 목숨까지 내어놓을 것처럼
엄마는 내가 아픈 것이 자신의 잘못이라며
내 손을 잡고 기도합니다

신의 랜덤 뽑기로 이렇게 못난 딸을 만난 엄마는
무슨 죄가 있나 가끔 생각해봅니다
엄마가 더 좋은 딸을 만났으면 좋았을 텐데
엄마는 바보처럼 내가 세상에서 제일 예쁘고 좋은 딸이랍니다

내 손을 꼭 잡은 엄마의 손에 나를 키우느라 늘어난 주름살을 보며
울컥 눈물이 터지려는 걸 꾹 참으며 돌아눕던 날
잘해준 게 하나도 없어 미안함이 밀려오는 날
엄마를 위해 조용히 기도해봅니다
유난히 손 많이 가는 딸을 만나 언제 그녀의 삶을 살았는지
기억도 안 날 그녀의 삶이 이제 다시 두 번째 날개를 달게 해달라고
행복하게 해달라고

나이 서른이 지났는데도
또 오랜 시간이 흘러 내가 엄마가 되는 날에도
그럼에도 불구하고 엄마에게 나는
여전히 딸일 것입니다

쑥 버무리

봄이 왔다고
코끝으로 스윽 스치는 은근한 쑥 향

할머니는 바구니 하나 손에 들고
개나리 사이로
어린 나는 잡초인지 쑥인지도 모르는 것을
금세 한 바구니 채우고는 날 보고 지으시던 함박웃음

쌀을 갈고 채에 받쳐 쑥과 함께 푹 삶아내니
새하얗고 서글서글 푸석푸석해 보이는 쑥 버무리
뿌연 연기가 솔솔나는 그것을 할머니는 뜨겁지도 않은지
듬뿍 집어 호호 불어 내 작은 입에 넣으신다

눈알 이리저리 굴리며 오물오물해보니
달콤하고 알싸한 향 가득한 쑥 버무리
와 맛있다 맛있다
할머니 입에 들어갈 새도 없이 허겁지겁 먹은 쑥 버무리
봄마다 할머니 집에 갈 때면 해주시던 쑥 버무리

봄비가 내리니 저 멀리 아득한 할머니 목소리 들린다
비 오면 쑥이 다 죽을 텐데
이젠 먹고 싶어도 다시 먹을 수 없는,

봄이면 문득 그리워지는
할머니가 해주신 쑥 버무리

그런 날 있잖아
갑자기 사는 게 지치고 힘들어 꾹 눌러놓았던 서러움이 폭발해서
이불을 뒤집어쓰고 펑펑 울어버린 날

얼마나 울었을까
빨갛게 부어오른 금붕어 같은 눈으로 머쓱하게 거실에 앉아 있는데
말없이 물 한 잔 내밀며 배는 안 고프냐고 묻는 너를 보며
나는 또 울컥하고 말았지

마냥 어리기만 한 것 같던 네가
이젠 제법 오빠처럼 나를 위로할 줄도 알아서
철들지 않을 것 같던 네가 제법 어른 같은 표정을 짓고
어른 같은 말을 건넬 줄 알아서
나는 더 슬퍼졌던 것 같아

억지로 무엇인가 한다는 건
세상을 알아간다는 것이기도 하니까
사는 게 다 그런 건가봐
그렇다고 너무 걱정은 말아
네가 어떻게 변한대도 난 평생 네 편일 거야

할아버지와 마지막 인사를 하던 날,
나의 세상은 무너졌다.
알록달록했던 내 삶의 주변이 온통 잿빛으로 변했다.
슬픔이라는 얕은 단어로 다 표현 못할 아픔을 토해내고
울다 지쳐 정신을 잃은 뒤, 장례식이 시작되었다.

나의 슬픔은 거기까지였다.
상복으로 갈아입은 나는 영정사진의 할아버지가
다른 세상으로 가셨다는 것이 믿기지 않아 얼떨떨했다.
슬픔이 온몸을 휘감은 시간이 고작 두세 시간 전인데
문상객을 맞으며 일일이 절을 하는 내 다리의 아픔이
더 크게 다가왔다.
피곤이 쌓여 잠이 쏟아지고 급기야 배까지 고픈 나를 보며
인간의 나약함을 보았다.
살아 있으니 느낄 수 있는 아주 당연한 것들이
그제서야 소중하게 다가왔다.

죽은 사람 앞에서 살아 있는 사람은
어떤 태도여야 하는 걸까.

사랑하는 사람의 죽음을 보며
삶과 죽음의 경계선에서 나는 많은 생각이 들었다.
어쩌면 삶과 죽음의 가장 가까운 경계선인 장례식장은
그런 의미에서 더 무거운 자리가 아닐까.
첫 손녀를 많이 아끼고 사랑했던 할아버지는
자신의 죽음을 통해서도 손녀에게 하고 싶은 말이 많으셨나보다.

가족들의 애도 속에서
할아버지의 영혼은 무던히 피곤했을 지상을 떠났다.
할아버지의 부재를 느낄 틈도 없이
장례식이 끝나고 집으로 돌아오는 길,

살아 있으니 온 힘을 다해 더 힘껏 살아보기로 한다.
삶과 죽음의 경계선에서 느꼈던 수많은 잔상이
헛되이 사라지지 않도록.

스승

방향을 잃어버린 방랑자 같은 내 삶에
나침반이 되어 순례자가 될 수 있게

어두운 동굴 속의 캄캄한 내 삶에
신기루의 반짝이는 빛을 볼 수 있게

연못의 미운오리새끼로 살던 내 삶에
우아한 자태를 뽐내는 백조가 될 수 있게

끝없는 빗속을 걸어가는 축축했던 내 삶에
우산이 되어주어 촉촉한 사람이 될 수 있게

앞서지도 않고 뒤따르지도 않고
옆에서 묵묵히 함께 걸어주는 벗

Q

나에게 가장 소중한 인연을 적어보세요.

10   나의 노래,

———————————— 잔잔한 시냇물 소리처럼 조용하고 나긋하게

봄비와 함께 거센 바람 불어요
휘청 내 몸 날아갈 것만 같아요
아무런 저항 없이 흔들려요
정처 없이 이리저리
규칙도 없이 끝도 없이

긴 머리칼이 흩날려
앞이 보이지 않도록
내 얼굴을 온통 감싸고는
아무 생각하지 말라고
마음속에 담아온 아픔도 눈물도 고민도
모두 다 털어내라고
심장 깊이 박힌 작은 돌멩이 하나까지 남지 않게
탈탈 털어내보라고

투덜투덜
나는 안 된다고 고개 숙이자
더 거센 바람으로
마치 지나간 후회에 대한 대가인 듯
회초리처럼 빰 때려요
정신 차리라고
그리고 용기내라고
해보면 아무것도 아니라고
거센 바람이 속삭여요

시원하게
자유롭게
한숨 속에 담긴 모든 걸 훌훌 털어버리고
내 몸과 마음 여전히 흔드는
이 바람에 몸을 맡겨
유유히 날아가는 저 새가 되어,

불필요한 감정에 흔들리지 않고
외롭다고 징징거리지 않고
작은 다툼에 시간 낭비하지 않는 것

감정이 요동치지 않도록
나의 마음의 견고함이 더 깊이 뿌리내리는 것

힘들 때는 주저앉아 펑펑 울더라도
다시 힘을 내 일어서는 것

살다가 한 번씩 하늘 바라보며 웃는 것

나의 삶은
시냇물이 흐르는 것처럼
조용히 그리고 고요히
내가 있어야 할 자리로
흘려보내는 것

싱그러움

매일 아침이 오고
매일 노을이 지고
매일 밤이 찾아온다

일상이 무뎌지지 않기를
똑같은 날의 반복이지 않기를
그렇게 세상을 바라보니
시간의 변화가
온도로 내게 다가온다

낮은 따뜻하고
노을은 뜨겁고
밤은 차갑고
아침은 싱그럽다

노래하는 마음으로
새로운 하루의 온도를 기대하며
그렇게 살아가기를

누군가 나를 떠올릴 때

내가 좋아하던 날씨

내가 좋아하던 음식

내가 은은하게 뿌렸던 향수

이런 나의 모습을 추억해주면 좋겠어요

내가 자주 흥얼거리던 노래를

나를 떠올리며 미소 지으며

불러주면 좋겠어요

그렇다면 이 삶의 끝이
외롭지만은 않을 것 같아서요

하늘에 닿기를

거룩하지 못한 것들이 가득한
지저분한 세상에서
하늘을 바라보는 시간만큼은
마음이 정화되기라도 하듯이

어지러운 세상이
힘겹고 지칠 때면
하늘로 시선을 돌리고
신이 하는 이야기에
귀 기울여봅니다

한없이 부끄럽고
또 속절없이 모자라지만
나의 삶의 모든 순간이
하늘에 닿기를 바랍니다

내 삶이 바닥을 치고 있을 때
떨어지는 눈물을 멈추지 못할 때
자존감이 바닥을 칠 때
아프고 슬프고 불행하다 느낄 때

어디선가 나를 위해
진심으로 기도해주는 사람이 있다는 것
순수한 마음으로 오직 나를 위해
나의 삶을 위해 기도해주는
참 고마운 사람이 있다는 것

지금까지 그 기도의 힘으로 살아왔고

앞으로도 그 기도의 힘으로 살아갈 것이라는 것

평생 그것을 잊지 않기를

나도 소중한 내 사람들을 위해

진정성 있게 간절하게

기도해주는 사람이 되기를

비

수많은 별들이 물방울이 되어
내게로 쏟아져 내리는 것 같아서
비가 오면 마냥 행복합니다

신이 보내준 선물을
피할 길 없이 그대로 받아냅니다

결국 비를 흠뻑 맞는 것도
빗속에서 빠져나오는 것도
나의 선택이며 나의 몫이지요

노력하지 않아도
받는 선물입니다
그 선물들을 선물답게
더 감사하게 간직합니다

온통 사랑하는 일

삶의 끝자락에서
노래한다면

비록 사람에게 속았을지라도
상처투성이가 되었을지라도

사랑할 수 없는 것까지도
깊은 절망까지도 사랑하며 살았다고

끝까지 사랑했다고
온통 사랑만 남았다고
노래하고 싶어요

가장 낮은 곳

나의 시선은 언제나 가장 낮은 곳을 향하기를
나의 손길은 오늘도 가장 낮은 곳에 가 있기를
나의 발걸음 또한 그곳에 함께 하기를
나의 마음까지 온전히 눈높이를 맞출 수 있는

낮은 곳으로 흐르는
삶이 되기를

Q

나만의 노랫말을 적어보세요.

- -

" 당신은 지금 그대로
충분히 좋은 사람이에요."

저는 사람들과 만날 때
가장 먼저 이것이 궁금합니다.
지금 나와 함께 있는 사람의 마음이 어떠한지.
글을 쓰고 난 뒤로부터 이런 버릇이 생긴 것 같아요.
다른 무엇보다 함께 있는 사람들의
마음을 살피게 되더라고요.

겉으로는 웃고 있고,
말로는 괜찮다고 해도
마음의 멍은 보이지 않아서
숨소리 하나까지 주의 깊게 관찰하지 않으면
놓치기 십상이고 알 길이 없더라고요.

이 책은 마음이 아픈 그대들이
행복하기를 원하는 마음에
조심스럽게 적어 내려간 글입니다.
이미 당신은 사랑받기에 충분하고
행복을 누릴 자격이 분명하다고 말해주고 싶었어요.

제 삶의 여정 가운데
지금껏 어떠한 대가 없이 넘치게 받아왔던 사랑이
저의 짧은 글 한 줄 속에 묻어나고
그 사랑이 이 글을 읽는 분들의 마음에 닿기를,
그 사랑이 또 다른 누군가의 마음에 닿기를
간절히 기도합니다.

어느 날엔가 이 글을 읽어주신 분들의
삶의 노래가 아름답게 만들어지기를 기대합니다.
눈부시게 찬란하게 빛날
당신의 어느 날을 함께 응원하고 싶습니다.
감사합니다.

김예채

이제 당신이 행복할 차례입니다

1판 1쇄 펴냄 2018년 9월 8일
2판 1쇄 펴냄 2021년 4월 29일

지은이   김예채
펴낸이   신주현 이정희
마케팅   임수빈
디자인   조성미
일러스트   보구미
독자교정   서준원
종이   월드페이퍼
제작   (주)아트인
펴낸곳   미디어샘
출판등록 2009년 11월 11일 제311-2009-33호
주소 (03345) 서울시 은평구 통일로 856 메트로타워 1117호
대표전화 02-355-3922 | 팩스 02-6499-3922
전자우편 mdsam@mdsam.net

ISBN 978-89-6857-179-4 03810